만렙을 찍을 때까지

창비
청소년
시선
18

만렙을
찍을
때까지

박일환 시집

창비

차
례

제1부 ●

키위새와
모아새

제2부　●

삐딱선

제4부 ●

울어 버렸다

제1부

키위새와
모아새

하이파이브

반 대항 축구 경기 때
첫 골을 넣은 민준이가 오른손을 번쩍 들었다.
달려가서 내 오른손을 마주쳐 주었다.
짝!
소리와 함께 민준이 얼굴이 환히 빛났다.
내 얼굴도 환히 빛났다.

어제 게임 아이템 때문에 싸운 일이
햇살과 함께 튕겨 날아갔다.

미지수

미지수 x의 값을 구하기 위해 끙끙대고
미지수 y의 값을 구하기 위해 머리를 쥐어박는
친구들 틈에서 나는
x나 y보다 백만 배는 어려운
우리 반 김지수의 마음값을 구하기 위해
애쓰는 중이다.

x나 y의 값은 공식만 알면 풀린다지만
김지수의 마음 값을 알아내는 공식은
해법이 너무 어려워
내 얼굴은 오늘도 벌겋게 달아오르기만 한다.

선생님께 드리는 서술형 문제

똑같은 교복을 입고
똑같은 시간에 와서
똑같은 교과서로 공부하고
똑같은 문제로 시험을 보는데
네 성적은 왜 이 모양이냐?

위 선생님의 말을 토대로 하여 모든 학생들이 똑같은 점
수를 받는다면 어떤 상황이 벌어져서 누가 가장 곤란을 겪
게 될지 50자 이내로 서술하시오.

키위새와 모아새

뉴질랜드의 보호종인 키위새는
날개가 퇴화되어 날지 못한대요.

사람이 들어와 살기 전까지
먹이가 많고 천적이 없어서
굳이 날아다닐 필요가 없었거든요.

키위새와 함께 살던 모아새는
아예 멸종을 했대요.
덩치만 크고 날지는 못해서
사람들이 모두 잡아먹었거든요.

날지 못하는 새도 새냐고 하지 마세요.
공부 못하는 학생도 학생이냐는 말처럼 들리니까요.

왜 저를 잡아먹을 듯 노려보는 거죠?
혹시 제가 모아새로 보이나요?

기린이었을까?

외로운 날

목이 긴 기린을 생각한다.
아프리카를 생각한다.
초원을 생각한다.
기린 혼자 서 있는 풍경을 생각한다.

나보다 더 외로운 존재가 있을 거라 믿으며
잠이 들기를 기다린다.
오지 않는 잠을 청하며
기린이 멀리 달아나는 장면을 떠올린다.
꿈속에서 기린을 만나
아프리카 초원을 함께 달리면 좋겠다고 생각한다.

까무룩
잠이 드는 찰나에
내 목을 슬며시 핥고 가는 저건
기린이었을까?
아프리카 초원에 혼자 서 있던
목이 긴 기린이었을까?

강물처럼

지금 조용히 흐르고 있는 저 강물도
한 번은 굽이칠 때가 있는 거야.
태풍이 불든 아니면
어찌해 볼 수 없는 커다란 바위를 만나든
한바탕 소용돌이를 친 다음
본래의 모습으로 돌아가는 거지.
그렇게 깊어지고 넓어지면서
강물은 바다를 향해 가는 거야.

그러니 오늘 네 마음이 폭발했다고 해서
너무 낙담할 필요는 없어.
언젠가는 만나게 될 바위를
지금 만나게 되었을 뿐이라고 여기면 돼.

자, 다시 흘러갈 거지?
주저앉지 않는 강물처럼
다시 일어나 바다를 향해 갈 거지?

몰입

화가 이중섭은 종이 살 돈이 없어
담뱃갑 은박지에 그림을 그렸다는데
나는 시험지 뒷장에 그린다.

답안지 작성은 5분이면 땡!
나머지는 온전히
내 손끝이 선을 따라 춤추는 시간.

점수가 바닥을 치고
은박지도 아닌 시험지 그림일지라도
행복한 몰입의 시간 끝에
드디어 종이 울리는구나.

답안지는 본래 내 것이 아니니
가져가서 마음껏 점수를 매기시라.
내 그림은 내가 만점을 줄 테니!

만두 빚기

엄마가 만두를 빚으신다.
보기 좋고 먹기 좋게 빚으신다.
만두가 터지면 안 되니까
만두소를 적당히 넣고
조심조심 둘레를 감싸신다.

만두를 잘 빚는 엄마가
정작 나는 잘못 빚으셨나 보다.
나만 보면 속이 터진다면서도
왜 그리 채우고 싶은 게 많으실까?

엄마, 이제 그만 마음을 비우세요.
저는 왕만두가 아니에요.

말벌의 방문

교실로 말벌이 날아들었다.
여자애들은 도망 다니느라 바쁘고
민호는 빗자루를 찾아 들고
희철이는 슬리퍼를 날리고
"조심해. 건드리지 마!"
선생님은 소리만 질렀다.
그렇게 5분 동안 우리를 수업에서 해방시켜 주고
유유히 창문 밖으로 빠져나가신
말벌님을 위해
우리는 모두 감사 인사를 전했다.
"잘 가. 다음에 또 와!"

글자 만들기

중국 사람들이 많이 사는 우리 동네
식당 간판에는 낯선 한자가 많은데
鑫이라는 글자도 보인다.
'기쁠 흠' 자라는데, 금이 세 개나 들어 있어
부자가 되고 싶은 마음을 담았단다.

학교 오가는 길에
鑫 자를 보며 나도 한자를 만들어 보고 싶었다, 가령

百
百百

내 친구들이 서로 갖고 싶어 하겠다.

시소 타기

어릴 적 시소 놀이 할 땐
내가 올라가면 네가 내려오고
네가 올라가면 내가 내려와서
즐겁기만 했는데

교복 입고 시험 치면서
내가 올라가면 네가 내려오고
네가 올라가면 내가 내려오니
하나도 즐겁지 않네.

셀카 놀이

셀카 놀이에 빠진 내 친구
얼짱 각도를 찾아
이리 찰칵
저리 찰칵

수학 시간에
도형의 각도는 못 맞춰도
얼짱 각도만큼은 정확히 맞추는
내 친구의 손끝에서 탄생한
위대한 작품들

스마트폰 속에서
얼마나 튀어나오고 싶을까?

희망 사항

원숭이 똥구멍은 빨개
빨가면 사과
사과는 맛있어
맛있으면 바나나
바나나는 길어
길으면 기차
기차는 빨라
빠르면 비행기
비행기는 높아
높으면 백두산*
백두산보다 높은
내 성적!

* 구전 동요의 가사를 인용함.

교실과 운동장

수업 시간에 졸지 말라고요?
그럼 교실을 운동장만 하게 만들어 주세요.
선생님도 운동장에서 조는 아이 못 보셨죠?

궁금해

공부도 다 때가 있는 거란다.
그렇게 말씀하는 분들이
노는 것도 다 때가 있다는 말은 왜 안 하는 걸까?

작전 실패

엄마, 돈 없어서 학원도 못 다니는 애들을 생각해 보라고 했잖아요? 그래서 생각해 봤는데요. 내 학원비를 그런 친구에게 주면 안 될까요? 내 친구 중에도 그런 애가 한 명 있거든요. 나는 학원 안 다녀서 좋고, 내 친구는 학원 다닐 수 있어서 좋고, 엄마도 좋은 일 하는 거니까 모두 이익이잖아요.

내 말에 엄마가 뭐라고 대답했을까요?

궁금하다고요?

일단 학원부터 다녀와서 알려 드릴게요.

제2부

삐딱선

어쩌면

축구장에서 골문을 향해 공을 차면 항상 빗나가고
(아뿔싸!)
시험 볼 때 아리송한 문제를 만나면 항상 엉뚱한 답을
고르고
(맙소사!)
어제는 딴생각하다 현관 유리창을 들이받았지.
(젠장!)

자신감을 가지라는 말
정신을 똑바로 차리라는 말
누군 몰라서 못 하나.

하느님도 이 땅에 나를 보내 놓고
아뿔싸, 맙소사, 젠장
이렇게 중얼거리고 계실지도 몰라.

삐딱선

싫어, 내리지 않을 거야!

어디서 탔는지
어디서 내리게 될지
나도 몰라.
생각하고 싶지도 않아.

푸른 하늘 은하수 하얀 쪽배를 타던 시절이 나에게도 있
었다고 당신은 말하지. 하지만 더 이상 쪽배 따위 없다는
건 바이킹만 타 봐도 알 수 있는 일. 머리에 뿔이 돋은 것도
아닌데 지금 이 순간 롯데월드에도 없는 삐딱선을 타기까
지 나에게 무슨 일이 있었는지 내가 알 게 뭐야!

무작정 아무도 모르는 곳으로 가고 싶지만
내가 탄 배는 유리로 만든 배 같아서
나도 내가 불안하고 위험해.
그러니 자꾸 어디로 가느냐고 나에게 묻지 마.
대답하기 싫어, 싫다고!

빨간 펜 까만 펜

—답안지에 빨간 펜으로 먼저 표기하세요. 그런 다음 아무 이상이 없을 때 그 위에 까만 펜으로 표기를 하면 됩니다. 빨간 펜으로 표기한 건 컴퓨터가 읽어 내지 못하므로 빨간 펜으로는 아무 데나 표기해도 괜찮습니다.

선생님의 설명은 친절하지만
내가 까만 펜으로 정성 들여 표기한 답안지를
컴퓨터는 번번이 절반 이상 읽어 내지 못한다.

빨간 펜의 문제는 아니고
까만 펜의 문제도 아니라면
문제를 낸 선생님이 문제일까,
아니면 문제를 읽어 내지 못하는 내가 문제일까?

그런데 가만,
빨간 펜도 까만 펜도 읽어 내지 못하는
답안지를 제출한 나에 대해
선생님은 어떤 정답을 갖고 계실까?

시험 시간

바람도 파도도 없는 바다 한가운데
서른 개의 섬이
나란히 줄 맞춰 고개 숙이고 있다.

끝이 없는 것

시작이 있으면 끝이 있는 법
시작종이 있으면 끝종이 있고
등교 시간이 있으면 하교 시간이 있고
입학식이 있으면 졸업식이 있다.

견디면 언젠가는 끝이 보인다는데
엄마와 선생님의 잔소리는 언제쯤 끝이 날까?

괴짜 선생님

우리 학교 영어 선생님은 괴짜다.
영어도 잘해야 하지만
국어를 잘하는 게 더 좋다고 한다.

국어도 못하는 놈이 영어만 잘하면
나중에 저만 잘난 줄 안다고
영어 시간마다 열변을 토하는데
나는 영어도 못하고 국어도 못한다.

영어 못한다고 혼내지 않아서 좋긴 한데
저러다 학교에서 잘리는 거 아닌가 걱정되기도 한다.

한글도 제대로 사용하지 못하면서
영어 좀 할 줄 안다고 나대는 건
뿌리가 없는 인간이라고
영어 선생님이 말할 때
괴짜를 영어로 뭐라고 하는지 궁금해졌다.

만렙*

포기란 배추를 셀 때나 쓰는 말이라고 했지.
나에게도 포기란 없다.
만렙의 고지에 오를 때까지는
좌절도 절망도 내 것이 아니다.

밥이나 잠보다 중요한 게 있다는 걸
수업 시간마다 책상 위로 푹푹 쓰러지는
내 친구들은 알 거다.

시험지에서 정답을 찾는 손은 느려도
마우스를 쥔 손은 누구보다 빠르다는 걸
증명할 때까지
기어코 만렙을 찍을 때까지

그만하라는 말
나에게 던지지 마라.

─가다 그만두면 아니 가느니만 못하다.

─공부가 인생의 전부는 아니다.

어른들은 자신들이 한 말을
종종 잊어버리는 습관이 있으니

뜻한 바를 이룬 성취감을 알려 주기 위해서라도
나는 바야흐로 용맹정진 중이다.
그러니 다들 쉿!

* 만(滿)과 레벨(level)의 합성어로 온라인 게임에서 사용하는 캐릭터의 레벨
이 최고점에 도달하는 상황을 이르는 말.

무서운 웅덩이

시험지에는 웅덩이가 참 많다.

( ), 이렇게 생긴 웅덩이도 있고
□ , 이렇게 생긴 웅덩이도 있다.

웅덩이에 뭔가를 채워 넣어야 하는데
채워 넣을 것을 못 찾아
몇 개씩 건너뛰기도 하였다.
그럴 때마다 내 마음속에
무거운 돌멩이 같은 것이 자꾸만 채워졌다.

질문 1

넌 참 착한(못된) 아이로구나.
넌 참 멋진(못난) 아이로구나.
넌 참 괜찮은(멍청한) 아이로구나.

어른들이 그렇게 말할 수 있는 자격을 누가 주었을까?

당신은 참 착한(못된) 어른이에요.
당신은 참 멋진(못난) 어른이에요.
당신은 참 괜찮은(멍청한) 어른이에요.

우리에겐 왜 그렇게 말할 수 있는 자격을 주지 않았을
까?

질문 2

질문 있는 사람?
수업이 끝날 무렵 선생님은
늘 이렇게 물어보신다.

질문을 잘하는 사람이 공부도 잘한다.
이런 말씀도 종종 하신다.

하지만 질문은 언제나 선생님 몫이고
대답만이 우리들에게 허락된 것임을
나도 알고 친구들도 안다.

사과는 왜 땅으로 떨어질까?
뉴턴이 했다는 질문은
선생님이 아니라 자신에게 던진 것이다.

수업 언제 끝나요?
한마디 꺼냈다가
좋은 질문이라고 칭찬 들은 사람 있으면 나와 봐!

철들기 힘들어

넌 왜 그렇게 철이 없니?
제발 철 좀 들어라.
엄마가 툭하면 하시는 말씀.
선생님들도 덩달아 하시는 말씀.

과학 시간에 딴짓하던 나를
선생님이 불러내더니
칠판에다 철의 원소 기호*를 써 보라고 했다.

철에 한 맺힌 내가 그 정도도 모를까.
자신 있게 쓰고 돌아서는데
으하하, 친구들의 웃음소리가 터졌다.

F_2

뭐가 잘못됐나?

---

* 철의 원소 기호는 'Fe'이다.

내 인생 최고의 맛

밤 10시
학원 끝나고 편의점에서
친구들과 함께 먹던 컵라면!

이름표

화단 앞을 지나가다
나무마다 이름표가 달린 걸 보았다.

감나무 옆에 향나무
그 옆에 처음 들어 보는 좀작살나무

누가 붙여 주었는지 모르지만
좀작살나무는 자기 이름이 마음에 들까?

내 가슴에도 이름표가 붙어 있다.
자기 이름 앞에 부끄러운 사람이 되지 마라.
아빠가 종종 하는 말이지만
나는 내 이름이 부끄럽다.

김장군, 대체 어쩌란 말인가?

쭈쭈바를 물고 가는 개

쭈쭈바를 물고 가는 개를 본 적 있니?
나는 봤어.
아까 나에게 돈을 뺏어 간 놈이
그 돈으로 쭈쭈바를 사 먹었거든.

그랬구나.
나는 햄버거를 물고 가는 개를 봤는데……
어제 나에게 돈을 뺏어 간 놈이
그 돈으로 햄버거를 사 먹었거든.

개에게 물린 소년 둘이
공원 벤치에 앉아 서로의 상처를 보듬고 있다.

싱크홀을 만나다

성적표를 받는 순간
그 자리에서 푹 꺼져 내렸다.

거룩한 한 알

옥수수 한 자루에
몇 개의 알갱이가 달렸는지
일일이 세어 본 사람이
어딘가에 있을 거야.

그렇다면 포도 한 송이에는
몇 개의 포도알이 달렸을까?

궁금해서 포도송이를 집어 들고
하나씩 세면서 먹었더니
모두 일흔여섯 개가 달려 있었어.

할 일 없는 놈이라고 흉봐도 되지만
돈만 세는 어른들보다는 낫지 않을까?

옥수수 알갱이 하나
포도알 하나
70억이 넘는 지구인 중에 나도 하나

담임 선생님이 반 아이들을 세듯
하느님도 빼놓지 않고 세고 계실 거야.

제3부

살구색의
탄생

살구색의 탄생

살색 크레파스라는 말에 폭력이 담겨 있다고 생각한 사람들이 있었지. 황인종인 우리들이 생각하는 살색과 흑인이나 동남아 사람들이 생각하는 살색은 다를 수밖에 없었거든. 살색이라는 말이 인종 차별을 부추긴다고 여긴 외국인 노동자들 몇이 국가인권위원회에 진정서를 냈대. 그래서 살색 대신 연주황이라는 새 이름을 얻게 됐어.

이번에는 김민하와 김민영이 친구들을 모아 국가인권위원회를 찾아갔대. 연주황이라는 어려운 한자말은 어린 학생들을 차별하는 낱말이니 다시 고쳐 달라고 한 거야. 그래서 다시 생긴 이름이 살구색이래. 그때 김민하는 중학교 1학년이었고, 김민영은 초등학교 5학년이었대.

살구나무에 매달린 살구들이 싱글생글 웃으며 살구로 태어나길 잘했다고 무척 즐거워했을 거야. 아무렴, 그랬을 거야.

헛된 꿈은 없다

김남주라는 시인이 있었어. 민주주의를 외치다 감옥살이를 한 후유증으로 병을 얻어 돌아가셨지. 김남주 시인에게 아들이 한 명 있는데 이름이 김토일(金土日)이야. 일주일에 4일만 일하고 금토일, 3일은 쉬는 세상을 만들고 싶다는 소망을 담아서 지은 이름이래. 그런 세상이 가능하냐고? 꿈 같은 얘기 아니냐고? 물론 아직 그런 세상이 오지 않았으니 꿈 같은 소리는 맞아. 하지만 꿈을 꾸지 않으면 지금과 다른 세상은 결코 오지 않아. 시인이 꿈꾸던 세상이 조금씩 다가오고 있다는 소식이 들려오는 요즘, 헛된 꿈 하나씩 품고 사는 것도 멋진 일일 것 같아.

"세계에서 2번째로 근무 시간이 긴 우리나라에서 주 4일제를 시행하는 '꿈의 기업'이 등장했다. 디자인 전문 기업 에이스그룹은 지난 4일 시무식을 열고 주 4일제 시행을 발표했다. 지난해 10월 근무일을 1일 더 줄이기로 결정하고 올해부터 본격적으로 제도를 도입한 것이다."(『매일경제』 2016. 1. 5.)

어떤 열네 살

1년 내내 길 위에 있었네.

금강산에 들어 일만 이천 봉을 구경하고 동해안을 따라 아름답다는 곳마다 발자국을 남긴 다음 한양을 거쳐 고향 원주로 돌아왔지. 열넷에 떠나 열다섯에 돌아오기까지 내 발을 거쳐 간 짚신은 몇 켤레나 될까? 해와 달과 별을 동무 삼아 개울을 건너고 재를 넘다 주막집이나 가난한 농부의 헛간에서 잠을 청하던 내가 실은 남장을 한 여자였다는 걸 눈치챈 사람들도 있었으려나.

조선 시대 여인 중 신사임당이나 허난설헌은 알아도 김 금원, 내 이름을 기억하는 사람이 얼마나 되며, 금강산에 올라 지은 내 시를 읽은 사람은 몇이나 될까? 이제 금강산은 철조망 너머 북쪽에 있고, 철조망 없더라도 걸어서 금강산에 갈 열네 살 여자아이가 지금도 있을까? 지리 교과서에 금강산이 나오고, 금강산의 아름다움을 읊은 노래와 시들은 많지만 아무도 걸어서 금강산 가는 법을 가르쳐 주지는 않지.

내가 걸어간 길이 훗날 누군가가 뒤따라올 길이라고
옛 어른들이 말씀하셨으니
열네 살 내가 걸었던 길도 영영 묻혀 있지만은 않을 거야.

마누엘라*의 친구

내 이름은 마누엘라.
내 친구 호세 무히카가
우루과이의 대통령을 지냈거나 말거나
우리는 그냥 다정한 친구.

무히카가 몰던 트랙터에 다리 하나를 잃고
슬픔에 잠기기도 했지만
그건 아주 오래전에 있었던 일.

대통령 궁을 노숙자들에게 내주고 농장의 오두막에서
출퇴근하던 무히카.
월급의 90퍼센트를 기부하고 20년이 훌쩍 넘은 자동차를
타고 다니던 무히카.
임기가 끝나자 혼자 낡은 차를 몰고
집으로 돌아온 무히카.

아랍의 부자가 무히카의 낡은 자동차를 100만 달러에 사
겠다고 하자

곧바로 이렇게 말했다지.

"안 되겠소. 마누엘라가 그 차를 너무 좋아한단 말이오."

내가 굶고 있을까 봐 인터뷰를 하다 말고 집으로 달려온 친구를
세 발로 달려 나가 맞이할 때
마구 흔들리던 내 꼬리를 너도 보면 좋았을 텐데!

* 우루과이의 호세 무히카 대통령과 함께 살던 개 이름.

아름다운 시를 쓰는 나라

국토의 25퍼센트를 국립 공원이나 보호 구역으로 묶어 놓아 풀과 나무와 새들의 천국으로 만든 나라가 있다. 동물 사냥은 물론 동물 서커스도 금지하더니 아예 동물원을 없애기로 한 나라가 있다. 1949년부터 군대를 폐지한 그 나라의 솔리스 대통령이 이런 말을 했다.

모든 공공건물에 내 이름을 새기지 마시오.
모든 관공서에 내 사진을 걸지 마시오.
공공시설은 나라의 것이지
정부나 공무원의 것이 아니오.

그 나라의 이름은 '풍요로운 해안'이라는 뜻을 가진 코스타리카라고 한다.

첫눈을 사랑하는 나라

그 나라 사람들은 매일 기도를 드리는데, 기도 제목은 언제나 자연이라네. 자연이 언제나 자연 그대로 있을 수 있게 인간이 자연을 해치지 않기를 기도한다네.

그 나라 사람들이 행복하다고 믿는 이유는 이웃이 행복하기 때문이라네. 가족이 웃고 친구가 웃고 이웃이 웃어서 자신도 웃지 않을 수가 없다네.

그 나라는 첫눈이 내리는 날을 공휴일로 지정한다네. 일터에 나가지 않아도 되는 사람들은 눈사람을 만들어 이웃집 앞에 놓아 준다네. 눈사람이 놓인 집에서는 눈사람 만든 이에게 한턱을 내면서 서로 축제를 즐긴다네.

가난한 이들이 가난하게 모여 사는 부탄 왕국, 그 나라 사람들이 첫눈을 꼭꼭 밟아서 생긴 무늬가 어쩌면 평화의 상형 문자일지도 모르겠네.

처칠 클럽

1940년, 히틀러의 군대가 덴마크로 쳐들어오자 여섯 시간 만에 항복을 선언하며, 정부도 어른들도 나라를 버렸어. 같은 날 침공당한 이웃 나라 노르웨이가 죽음으로 맞서 싸우고 있다는 소식을 들은 소년들이 대신 일어섰어. 열네 살 크누드 페데르센이 형 옌스와 함께 8명의 소년들을 모아 '처칠 클럽'이라는 저항 조직을 만들었지. 처음에는 도로 표지판을 거꾸로 돌려놓고 전화선을 끊어 버리는 데 그쳤지만 점차 독일군 차를 불태우고 무기를 훔치기도 했어. 잡히면 죽을 수도 있다는 생각에 당연히 겁이 났고, 그만 멈추자는 얘기도 나왔어. 그래도 가만히 있을 수는 없었어. 가만히 있으면 안 된다는 생각 때문에 모두 잡혀서 감옥으로 갔지만 처칠 클럽의 소년들이 있어 덴마크는 마지막 자존심을 지킬 수 있었어.

우리에게도 그런 소년들이 있었지. 저 멀리 3·1 만세 운동 때 태극기를 들고 나섰던 유관순 언니들, 4·19 혁명 때 언니 오빠들에게 총을 쏘지 말라며 거리로 뛰쳐나왔던 수송국민학교 어린이들, 5·18 광주 민주화 운동 때 총을 들고 나섰던 소년들, 그리고……

위대한 바보

미국의 조너스 소크 박사는 오랜 연구 끝에 1952년 3월 26일에 소아마비 백신을 개발하는 데 성공했어. 백신의 효용성을 입증하기 위해 자신과 가족들의 몸을 실험 대상으로 삼았고, 이후 여러 임상 실험을 거쳐 1955년 4월 12일에 백신이 안전하면서도 효과가 있다는 걸 입증했어. 그 무렵 미국에서는 한 해에 5만 명 이상, 우리나라에서는 2천 명 이상의 환자가 발생할 정도로 소아마비는 어린아이들에게 공포를 안겨 주는 병이었어. 소아마비 백신 덕분에 우리나라는 1984년 이후로 소아마비 환자가 단 한 명도 발생하지 않았어.

백신을 특허 등록하면 억만장자가 될 수 있었지만 소크 박사는 특허를 신청하지 않고 제조법을 무료로 공개했어. 특허 등록을 하면 가난한 아이들은 약값이 없어 여전히 소아마비라는 천형을 안고 살아야 했기 때문이야. 왜 바보처럼 특허를 신청하지 않느냐고 나무라는가 하면 수많은 제약 회사들이 특허를 넘겨줄 것을 요청했지만, 소크 박사는 모든 권유를 뿌리치고 이렇게 말했어.

"저는 백신에 대해 특허를 신청하지 않을 겁니다. 저 태양에 대해 특허를 신청할 수 없듯이 말입니다."

현대판 우공(愚公)

한문 시간에 배운 우공이산(愚公移山)이라는 고사성어
에는, 아흔 살 노인이 곡괭이를 들고 산을 옮기려 하자 갸
륵히 여긴 하느님이 대신 산을 옮겨 주었다는, 믿거나 말
거나 아득한 옛날 옛적 이야기가 담겨 있지.

인도의 겔라우르 마을에 살던 가난한 농부 만지히의 젊
은 아내가 남편에게 점심 도시락을 가져다주려다 돌산에
서 넘어져 크게 다쳤어. 병원에 가려면 험한 돌산을 넘거
나 빙 돌아서 가야 했지. 아내는 병원에 도착하기 전에 숨
졌고, 슬픔에 빠진 만지히는 망치와 정을 들고 나섰어. 돌
산을 깨서 길을 만들겠노라는 집념을 마을 사람들은 모두
비웃었지. 그러거나 말거나 만지히의 망치질은 쉬지 않았
어. 20년쯤 지나자 마을 사람들이 함께 팔을 걷어붙이기
시작했어. 그렇게 해서 22년 만인 1982년에 드디어 높이
90미터 높이의 돌산을 깎아 길이 100미터, 폭 9미터의 길
이 생겼어. 돌산을 돌아가던 72킬로미터의 길이 5킬로미
터로 줄어들었지.

정부에서 상을 주려고 하자, 만지히는 이렇게 말했어.

"나에게 돈과 명예는 필요 없다오. 아픈 사람이 빨리 병원에 가고 아이들이 편안히 학교에 다니면 그걸로 된 거요."

포탄 칼

대만을 정복하려던 중국은 1959년 8월 23일부터 44일 동안 바다 건너 진먼섬[金門島]에 47만 발의 포탄을 퍼부었대. 그 후에도 툭하면 포탄이 날아들던 진먼섬에 평화가 찾아온 건 1978년의 일이라니 20년 동안 얼마나 많은 포탄이 진먼섬으로 날아들었을까? 우처둥 씨의 아버지는 발길에 차이는 포탄 덩어리를 자신의 대장간으로 주워 날랐어. 포탄 껍데기를 잘라 부엌칼을 만들던 아버지를 따라 지금은 우처둥 씨가 아들을 데리고 3대째 포탄 칼을 만들고 있지. 그렇게 만든 '평화의 부엌칼'은 단단하고 품질도 좋아 관광객들에게 인기를 끌고 중국 사람들도 많이 사 가고 있대. 우처둥 씨는 포탄 껍데기가 동이 나는 건 걱정하지 않지만 혹시라도 다시 포탄이 날아드는 날이 올까 봐 그게 제일 걱정이라는데,

제2의 평화 대장간이 들어서야 할 곳은 어디일지, 너는 생각해 본 적 있니?

하늘에서 돈이 떨어지는 나라

용돈을 달라고 할 때마다
엄마 입에서 나오는 말.

"하늘에서 돈다발이라도 뚝 떨어지면 좋겠다."

여기서 좀 멀긴 하지만
엄마가 가면 좋을 나라가 있다.

아프리카의 보츠와나

그 나라에서는 화폐 단위로
풀라와 테베라는 말을 쓰는데
풀라는 비, 테베는 빗방울을 뜻하는 말이란다.

그 나라에 가면
하늘에서 돈이 떨어진다.

문제는 5년 동안 비 한 방울 안 내린 적도 있다는 거다.

권정생 할아버지

교회 종지기를 하며 빌뱅이 언덕 여덟 평짜리 흙집에서
살았던 할아버지.

젊었을 때는 거지로 떠돌기도 했고, 병든 몸으로 평생
오줌 주머니를 차고 살아야 했던 할아버지.

겨울날 따뜻한 아랫목을 찾아든 생쥐를 벗 삼아 품에 안
고 자던 할아버지.

『강아지똥』과 『몽실 언니』라는 동화를 써서 돈도 많이
벌었던 할아버지.

그렇게 번 돈을 자신을 위해서는 한 푼도 쓰지 않았던
할아버지.

죽으면서 그 돈을 모두 북녘과 아프리카의 굶주리는 아
이들에게 보내라고 했던 할아버지.

바를 정(正) 살 생(生), 이름 뜻 그대로 평생을 살다 가신

권정생 할아버지.

안아 주고 싶다는 말

세 살에 고아원에 들어갔다
매질을 피해 다섯 살에 도망 나왔다네.
잠은 계단이나 공중화장실에서 자고
구걸과 껌팔이로 10년을 떠돌다
우연히 접한 노랫소리에 끌려
성악가의 꿈을 키웠다네.

「코리아 갓 탤런트」라는 오디션 프로에 나와
「넬라 판타지아」를 부르던
스물두 살의 최성봉 씨.

심사 위원석에 앉아 있던 영화배우 송윤아 씨가
"그냥…… 최성봉 씨를 안아 주고 싶어요."
울먹이며 말했다네.

안아 주고 싶다는 말이 있어
세상은 덜 춥고 외로울 거였네.

제4부

울어 버렸다

울어 버렸다

친구 앞에서 울어 버렸다.
노래방에서 반주만 틀어 놓고 울어 버렸다.

함께 울어 주는 친구가 있어 마음껏 울 수 있었다.
아무도 안 보는 노래방이 있어 마음껏 울 수 있었다.

울고 싶을 때 울 수 있어 좋았다.

팽창 이론

과학자들에 따르면
우주는 지금도 팽창하는 중이라고 한다.

콩닥콩닥 두근두근
내 심장도 지금 팽창하는 중이다.

우주가 팽창하는 이유에 대해서는
제대로 답을 내놓을 수 없지만
내 심장이 팽창하는 이유에 대해서는
자신 있게 말할 수 있다.

혜림아, 너를 향해 팽창하느라
하루 종일 쿵쾅대며 펌프질하는
내 심장 소리가 들리지 않니?

팽창하는 우주를 탐구하는
과학자들은 많지만
팽창하는 내 심장은 나 홀로 탐구 중이다.

어떤 인생

여름이 끝나자 선풍기는
커다란 보자기를 뒤집어쓴 채
다용도실 창고에 갇혀
석방을 손꼽아 기다리는 신세가 됐다.

다시 여름이 오면 사람들은
우르르 선풍기 앞으로 몰려들겠지만
선풍기가 홀로 견딘 어둠의 시간에 대해서는
입을 꾹 다물고 말겠지.

서운하다는 소리도 할 줄 모르는 선풍기는
열심히 바람을 일으키다
다시 보자기를 뒤집어쓸 테고
그렇게 여름이 가고 오고
또 가고 오고……

버려진 늙은 선풍기는
고물 줍는 할아버지가 낡은 리어카에 싣고 가겠지.

검은 백조

백조는 하얀 새라서
검은 백조라는 말은 성립할 수 없는데
어느 날 호주에서 검은 깃털의 백조가 발견됐대.
말도 안 되는 일이 벌어진 거지.

나에게도 오늘 검은 백조 한 마리가 날아들었어.
시험 시간에 찍은 게 다 맞는 기적은커녕
답안지에 답을 옮겨 적지 않고 그냥 내 버린 참사가 발
생했어.
말도 안 되는 일이 벌어지기도 하는 게 인생이라는 걸
너무 허망하게 알아 버렸지.

비웃지 마.
너에게도 언제든 검은 백조가 날아들 수 있으니까.

틀린 그림 찾기

아침마다 교실에선 틀린 그림 찾기가 벌어진다.
교복에 넥타이를 매고
운동화 대신 실내화를 신고
머리를 물들이지 않고
얼굴에는 아무것도 바르지 않은 채
다 같은 그림을 하고 있어야 하는데
담임 선생님은 귀신같이
틀린 그림을 하고 있는 친구를 찾아낸다.
한눈에 척 틀린 그림을 찾아내는
고수의 눈길을 피할 도리가 없다.
그래도 다음 날 틀린 그림을 하고 있는 친구들은
담임 선생님을 도와주고 있는 게 분명하다.
틀린 그림 찾기가 취미인
담임 선생님을 실망시키지 않기 위해
보란 듯 립 틴트를 바르거나
실내화를 집에 감춰 두고 온다.
틀린 그림이 아니라 다른 그림일 뿐이라고
괜히 잘난 척했다가 벌점 먹은

세나가 오늘은 얌전한 그림을 하고 있더니
담임 선생님이 나가자 잽싸게
사물함에서 짧은 치마를 꺼내 온다.

틈만 나면

너는 어떻게 된 애가
틈만 나면 게임을 하고
틈만 나면 피시방엘 가고
틈만 나면 핸드폰을 들여다보니?

하지만 엄마는 모른다.
학교와 학원에 매여 사는 내가
틈을 만드는 게 얼마나 어려운지를.
어쩌다 틈이 났을 때 필사적으로 매달리는 이유를.

왜 안 보였을까?

리모컨이 어디 갔지?
분명히 소파 위에 놔뒀는데……
우람아, 엄마 핸드폰 못 봤니?
건망증이 심한 엄마는
뻔히 눈앞에 있는 물건도 못 찾고
헤맬 때가 많다.

그런 엄마가 걱정되기도 하지만
엄마 피를 물려받은 내가 더 걱정이다.
시험 볼 때마다
뻔히 눈앞에 있는 정답을 못 찾고
헤맬 때가 많으니 말이다.

정답을 구하시오

세상에는 구하고 싶어도 구할 수 없는 게 많다는 생각을
한다.

파업 이후

엄마가 파업을 시작했다.

집안일에 손을 놓은 엄마에게
아빠는 협상 카드를 내밀 생각이 없어 보였다.

아빠는 매일 늦게 들어왔고
아침엔 밥도 먹지 않고 출근했다.

찬바람이 정말로 씽씽 불었다.

엄마와 아빠가 헤어지면
엄마하고 살아야 하나, 아빠하고 살아야 하나
고민하다 잠을 설치기도 했다.

일요일 점심때
아빠가 라면을 끓이더니 나를 불렀다

말없이 라면을 먹던 아빠가

나에게 미안하다고 했다.
그런 말은 엄마에게 하라고 부탁하고 싶었지만
젓가락으로 라면만 집어 올렸다.

나만 아니면 벌써 갈라섰을 거라며
엄마는 한숨을 내쉬었지만
그 말이 나는 더욱 슬펐다.

엄마의 파업은 일주일 만에 끝났고
가스레인지며 냉장고며 세탁기가
제 역할을 하기 시작했다.

빨랫줄에 걸린 빨래처럼 조용히 지내는 내가
파업 후유증에 시달린다는 걸
엄마와 아빠는 알까?

누구 편도 들 수 없고
어떤 말도 할 수 없었던 시간 동안

나는 엄마 아빠의 혹이었을지도 모른다고
몇 번이고 생각했다.

떼어 낼 수도 없는 혹 때문에
엄마와 아빠는 억지로 손을 잡았겠지만
기쁨에 앞서
나도 이제 슬픔이란 걸 아는 나이가 됐다는
생각을 했다.

그날 밤 내 베갯잇은 축축이 젖어 있었다.

희한한 동물

세상에는 희한한 동물도 많아.
코뿔소는 코에 뿔이 달렸고
캥거루는 배에 애기 주머니를 달았고
펭귄은 날지도 못하는 날개를 지녔어.

그중에도 가장 희한한 동물이 있는데
촌스럽게 신발을 신고 다니고
얼룩덜룩한 천으로 몸을 가리고
귀에 주렁주렁 고리를 매달고
새소리 흉내 낸답시고 노래란 것도 부른대.

원숭이만큼 나무에 매달리지도 못하고
치타만큼 빨리 달리지도 못하면서
잘난 척은 최고인
이 희한한 동물 이름은 뭘까?

온갖 동물을 잡아 울타리 안에 가둬 놓고
어때, 희한하게 생겼지?

구경꾼들을 불러 모은 다음
자기는 동물이 아닌 척,
시치미 떼고 있는 모습이라니!

자기들 때문에
지구의 평화가 깨지는 줄도 모르면서
걸핏하면, 짐승만도 못한 놈이라는 소리나 질러 대는
희한한 동물 이름을 너는 혹시 아니?

달팽이처럼

나는 왜 내 마음속으로만 달리는 걸까?
부릉부릉 시동을 건 다음
태우고 싶던 사람들 하나둘 지워 버리고
내 마음속 외줄기 도로 위를 나 홀로
달리고 또 달리는 나는, 왜?

남의 차에 올라타기는커녕
내 차에 남을 태우지도 못하고
혼자서만 끝없이 펼쳐 놓은 길을 달려갔다
지쳐서 돌아오길 반복하는 걸까?

비 갠 날 오후
학교 끝나고 돌아오는 길에 만난
달팽이 한 마리
손바닥 위에 올려놓고 물어본다.

너도 껍질 밖으로 나오고 싶니?
대답 없는 달팽이를 놓아두고

집으로 돌아와 달팽이처럼 웅크린다.

달팽이가 더듬이를 내밀듯
나도 마음속 안테나를 세워 본다.
괜찮아, 지금은 잠시 외로워도 괜찮아.
어디선가 들려올 목소리에 기대 본다.

나와 같은 외톨이가 어딘가에 또 있을 거야.
달팽이처럼 느릿느릿
혼자서 생각에 잠긴 나를 위해 하느님이
걱정 마, 나는 언제나 네 곁에 있어.
조그맣게 속삭이고 있을 거야.

1회용 씨앗

심으면 한 해 동안은 잘 자라 열매를 맺지만
거기서 얻은 씨앗을 다음 해에 심으면
싹이 나지 않거나 열매를 맺지 못한다.

씨앗 시장을 장악한 다국적 기업이
해마다 씨앗을 팔아먹기 위해
한 번 열매를 맺고 나면 자동으로 죽어 버리도록
유전자 조작을 한 탓이다.

언젠가는 1회용 인간이 나올지도 모른다.
1회용 씨앗처럼
1회용 인간을 사고파는 시대가 오면
하느님은 어떤 표정을 지으실까?

참 잘했어요, 도장을 찍어 주실까?

아니지.
그때쯤엔 하느님도 1회용으로 팔리고 있을 거야.

운수 좋은 날*

유난히 손님이 많은 날
인력거꾼 김 첨지는

집에서 멀어지면
발걸음이 가벼워지고

집 가까이 가면
발걸음이 무거워졌다.

나도 그럴 때 많았다.

피시방에서 연달아 게임을 이겼을 때
그만큼 시간이 많이 흘렀을 때

'운수 좋은 날'이라는 말이
반어법에 해당한다는
국어 선생님의 말을 떠올리곤 했다.

* 현진건의 단편 소설 제목.

학원 끝나고 돌아오는 길

가로등 곁에 있는 나무가
가로등 불빛을 받아
환한 원을 그리며 빛나고 있다.

아름다움은
바깥에서 어둠이 감싸고 있을 때 더욱 빛난다.

가출 일기

"야구를 좋아하는 아들아.
이제 그만 집으로 들어오너라.
야구는 홈으로 들어와야 이기는 게임이고
너의 홈은 지금 비어 있다.
어서 들어와 세이프를 외쳐라."

홈런을 치지는 못했지만
도루를 해서라도
홈으로 들어가기는 해야 할 것 같다.

(춥고 배고픈 날들이여, 안녕!)

홈에 들어가면 더 이상
파울볼은 치지 말아야지.

주민등록증 나오던 날

나도 이제 어른이 된 건가?
신기해서 들여다보고 또 들여다봤다.

근데 사진이 마음에 안 든다.
나름 신경 써서 찍었는데 말이다.

너 누구니?
왜 그렇게 생겼니?
어느 학교 다니니?
스무 살 되면 뭐 할래?

못생긴 애랑 한참 대화를 했더니
조금 친해진 듯하다.

구박하지 말고 잘 지내야지.
난 이제 어른이니까!

공룡 발자국

성큼성큼
쿵쾅쿵쾅

먹이를 쫓던 중이었을까?
아니면 쫓기던 중이었을까?

태곳적 풍경을 따라
나란히 걸으며 생각한다.

먼 훗날
내가 남긴 발자국도

성큼성큼
쿵쾅쿵쾅

다른 사람 가슴을 울리고 있을까?

함께 울어 주는 사람

신지영 작가 · 문학평론가

1.

싫어, 내리지 않을 거야!

어디서 탔는지
어디서 내리게 될지

(…)

무작정 아무도 모르는 곳으로 가고 싶지만
내가 탄 배는 유리로 만든 배 같아서
나도 내가 불안하고 위험해.

—「삐딱선」 부분

박일환 시인의 청소년시집을 펼쳤다. 공감이 가는 문장에 밑줄도 긋고, 인용하기에 적합한 표현들을 이리저리 옮겨 적던 나의 독서는 「삐딱선」이라는 시에서 한동안 나아갈 수 없었다. 한 호흡에 읽기 벅찬, 긴 시는 아니다. 하지만 자꾸 "나도 내가 불안하고 위험해."라는 구절이 마음에 걸렸다. 오래전 그 시기의 나와 내 또래들 역시 그 알 수 없는 '불안하고 위태로운 상태'가 분명히 있었기 때문이다.

그때 우리는 모두 손이 시린 아이들이었다. 손이 시려도 장갑을 끼지 않았다. 그래야 세상을 맨살로 만질 수 있다고 믿었다. 차갑게 얼어붙은 세상이었지만 아직 세상을 보는 눈이 어두웠기에 얼마든지 착각할 수 있었다. 그렇게 우리는 "어디서 탔는지 / 어디서 내리게 될지"도 모르면서 청소년기라는 불안하고 위험한 상태 속으로 뛰어들었다. 그런데 우리는 왜 "아무도 모르는 곳으로 가고 싶"었던 것일까. 그에 대한 대답을 하는 것은 여전히 어려운 일이다. 다만 무언가 속에서 들끓고 있는데도 아무것도 하지 않고 그대로 가만히 있는 것은 불가능한 일이라 여겼던 것 같다. 지금 생각하면 어리석은 일이다. 아무런 보호책도 없는 "유리로 만든 배"는 아무리 애를 써도 쉽게 파손되고 마니까. 어떤 친구는 크고 작은 상처를 입었고, 어떤 친구는 더 나아가지 못하고 끝내 그 자리에 영원히 머무르기도 했다. 하지만 내리려는 친구는 아무도 없었다. 아니, 내리는 법조차 몰랐다는 표현이 더 좋을 것 같다. 그냥 어떻게든 그 시기를 견디는 것이 우리가 할 수 있는 전부였다. 우리는 '청년'과 '소년'이라는 두 이질적인 개념어 사이에서 어디로도 가지 못하고 요동하며 방치된 존재들이었다.

그렇게 시간이 흐르고 아슬아슬하게 살아남은 우리는 누가 알려 주지 않았음에도 각자의 길로 떠났다. 절대로 가고 싶지 않았던 어른들의 세계에 성공적으로 편입한 친구가 있는가 하면 사회의 빛이 도달하지 않는 어두운 곳으로 간 친구들도 있었다. 동일한 공식에 동일한 수를 집어넣으면 동일한 해가 나오는 함수와 달리 비슷한 환경에서 유사한 행동을 했던 우리들이 어떻게 서로 다른 길로 가게 되었는지 아직도 나는 잘 알지 못한다. 우리들의 차이는 단지 누군가 조금 더 운이 좋았다는 것밖에 없었다.

그래서 나는 청소년은 "이러이러한 것이다."라는 고정된 개념이 아니라 끊임없이 유동하는 어떤 '불안하고 위태로운 상태'를 의미한다고 생각한다. 청소년은 동일한 문제를 가진 하나의 거대한 집단으로 정의될 수 있는 것이 아니기에 옥수수 자루나 포도송이에 달린 "옥수수 알갱이 하나 / 포도알 하나" (「거룩한 한 알」)와 같이 개개의 청소년들로 기술되어야 한다는 말이다. 처음으로 자신보다 소중하게 느껴지는 다른 존재의 "마음값"(「미지수」)을 알기 위해 애쓰거나, 좋은 성적을 기원하며 '百'이라는 글자 세 개를 조합(「글자 만들기」)하기도 하고, 늘 실수만 하는 자신에 대한 자학과 연민(「어쩌면」)을 하는 등

청소년은 각자의 고유한 문제 상황을 가지거나 때론 중첩되는 여러 문제들을 각자의 몫으로 가지는 존재이기 때문이다.

박일환 시인의 시를 한 편 한 편 읽는 것이 즐거우면서도 쉽사리 다음 시로 넘어가기 어려웠던 까닭도 이렇다. 시집에 등장하는 청소년들은 그 시기 나와 친구들이 고민하던 문제들을 조금씩 다른 형태로 나누어 가지거나 또는 전혀 새로운 문제로 변형하여 가지고 있었다. 그러므로 지금 여기의 세계를 견뎌내는 청소년들의 문제를 다루는 시인의 시집을 읽는 것은 오늘의 청소년들에 대한 이해와 함께 그 시기 내가, 아니 우리 모두가 느꼈던 모호한 불안감이 어디에서 기인했는가를 다시 한번 확인하는 과정이기도 했다.

2.

시인의 시집에서 자주 만날 수 있는 공간적 배경은 학교이다. 자연스러운 일이다. 교육 제도가 확립된 이후 청소년들이 가장 많은 시간을 보내는 곳이 학교인 것이다. 하지만 학교에 가기 싫어 가끔 기절한 척 연기를 했다던 앙드레 지드의 일화처럼 동서를 막론하고 예나 지금이나 청소년들에게 학교는 그리 즐거운 장소가 아니다. 시인의 시에 나타나는 학교 또한 마찬가지이다.

그렇게 5분 동안 우리를 수업에서 해방시켜 주고
유유히 창문 밖으로 빠져나가신
말벌님을 위해
우리는 모두 감사 인사를 전했다.
"잘 가. 다음에 또 와!"

―「말벌의 방문」 부분

　수업 중 교실로 들어온 말벌 때문에 벌어진 소소한 소동을
유쾌하게 다룬 이 시에는 학교와 수업에 대한 청소년의 마음
이 기발한 방식으로 드러나 있다. 말벌은 침을 한 번 쏘고 마는
꿀벌과 달리 여러 번 침을 쏠 수 있으며 그 침은 사람이 사망할
수 있을 정도로 독성도 강하다. 이런 말벌의 교실 침입은 일상
을 위협하는 일종의 재난에 해당한다. 하지만 학생들에게 말벌
의 등장은 재난은커녕 즐거운 일이다. 말벌로 인한 위험은 수
업과 그로 인한 무료함이라는 더 큰 재난을 회피할 수 있는 유
일한 수단이 된다. 그래서 말벌은 억압받는 학생들을 구원하
는 '해방자'로서 "말벌님"이 된다. 잠시나마 말벌의 은총을 받
은 학생들은 말벌님에게 "감사 인사를 전"하고 그의 재림을 기
원하며 다시 무료함이라는 억압의 상태로 돌아간다. 수업 중에
철의 원소 기호를 "F_2"(「철들기 힘들어」)로 표기하여 교실을
즐겁게 만드는 학생도 수업에 파문을 일으킨다는 점에서 학교
가 지루한 공간이라는 점을 한 번 더 확인시킨다.

그런데 가만,

빨간 펜도 까만 펜도 읽어 내지 못하는

답안지를 제출한 나에 대해

선생님은 어떤 정답을 갖고 계실까?

—「빨간 펜 검은 펜」부분

청소년들이 학교를 혐오하는 더 심각한 이유는 학교가 단순히 지루함만을 제공하기 때문은 아니다. 학교는 펜의 색과 무관하게 자신이 정답이라고 제시한 것만 인식한다. 이와 어긋나는 것은 그것이 어떠한 것이라도 오답이 된다. 학교는 학교와 다른 생각을 가진 학생들에게 배제와 검열의 공간으로서 실재적인 공포를 준다. 이는 시험지의 빈칸을 은유한 「무서운 웅덩이」에서도 드러난다. 웅덩이를 제대로 채우지 못하면 학교가 예정한 시스템에서 낙오하게 되는데, 이는 학생들에게 두려움을 불러일으킨다. 더욱 섬뜩한 것은 학교가 시키는 대로 웅덩이를 열심히 채우는 것이 나의 성공뿐 아니라 다른 사람의 탈락을 초래한다는 데 있다. 그러므로 시험이라는 것은 결국 "내가 올라가면 네가 내려오"는 것이기에 아무리 보상을 준다고 하더라도 그 이면을 들여다보면 "하나도 즐겁지" 않다(「시소 타기」).

얼굴에는 아무것도 바르지 않은 채

다 같은 그림을 하고 있어야 하는데

담임 선생님은 귀신같이

틀린 그림을 하고 있는 친구를 찾아낸다.

— 「틀린 그림 찾기」 부분

이쯤 되면 학교는 청소년에게 있어 불필요한 공간에 지나지 않는 정도가 아니라 해악을 주는 공간으로 보인다. 그런데 왜 학교는 변화하거나 사라지지 않을까? 이는 학교가 가지는 태생적 한계 때문이다. 근대적 의미의 학교는 사실 그리 오래된 제도가 아니다. 물론 여기에서 본격적으로 학교 제도의 역사를 나열하자는 말은 아니다. (이는 부당할 뿐 아니라 불가능한 일이기도 하다.) 다만 학교가 시민 개개인의 자유를 향상하기 위해서가 아니라, 교육의 규격화를 통해 국가가 원하는 노동력을 대량 생산하려는 목적에서 시작되었다는 점만은 부연할 필요가 있다. 규격화된 과정에서 개인의 개성은 불필요하다.

이는 "담임 선생님"이 "다 같은 그림을 하고" 있는 학생들 사이에서 기를 쓰고 "틀린 그림을 하고 있는 친구"를 찾아내는 이유이다. 생산의 규격화는 교육과정에 해당하는 것뿐만이 아니다. 여기에는 그들이 학교가 내리는 사소한 명령에도 복종할 수 있는지 여부 또한 포함된다. 푸코를 빌리자면 규칙에 적응하여 자발적으로 '순종하는 신체'를 제조하는 것이 학교의 최종 목적이다. 이처럼 학교는 필연적으로 위계를 학습하는 공간이다. "질문은 언제나 선생님 몫이고 / 대답만이 우리들에게 허락된 것임을 / 나도 알고 친구들도 안다"(「질문 2」). 가끔 자신이 좋아하는 것(게임)을 고수하며(「만렙」) 시험을 거부하는 방식(「몰입」)으로 저항하는 학생들도 있지만 그들은 결국 "공부 못하는 학생"(「키위새와 모아새」)으로서 멸종되어야 할 것으로 취급된다.

3.

그렇다고 해서 오늘의 청소년을 힘들게 하는 것을 모두 학교의 책임으로 돌리는 것은 가혹하다. 오히려 이는 청소년을 둘러싸고 벌어지는 복잡다단한 문제들을 더욱 해결하기 어렵게 만든다.

누구 편도 들 수 없고
어떤 말도 할 수 없었던 시간 동안
나는 엄마 아빠의 혹이었을지도 모른다고
몇 번이고 생각했다.

—「파업 이후」 부분

청소년이라는 지위가 지니는 가장 큰 모순은 그들이 독립된 사고 능력을 갖추고 신체적으로 성숙하였음에도 불구하고 행동의 자유를 어른들에게 종속당하고 있다는 점이다. "용돈을 달라고 할 때마다"(「하늘에서 돈이 떨어지는 나라」) 엄마의 핀잔을 들어야 하는 것은 물론 "나만 보면 속이 터진다"(「만두 빚기」)와 같은 폭언이나 "잔소리"(「끝이 없는 것」)를 감내해야 하는 데서 알 수 있듯 청소년들은 학교뿐 아니라 가정에서도 위계질서의 하위에 자리한다. 가끔 학원에 가기 싫다는 의사를 엄마에게 전달해 보기도 하지만(「작전 실패」) 그 결과는 언제나 청소년의 패배로 끝이 난다. 이러한 일방향의 의사 전달은 청소년과 부모 사이에 거리를 만들고, 어떤 경우에는 자기의 의사와 무관한 엄마 아빠의 싸움 과정에서 자신을 아무 쓸모없는 "혹"처럼 여기게 하기도 한다. 가정 또한 청소년의 안식처가 되지 못하는 것이다.

어제 나에게 돈을 뺏어 간 놈이
그 돈으로 햄버거를 사 먹었거든.

개에게 물린 소년 둘이
공원 벤치에 앉아 서로의 상처를 보듬고 있다.
　　　　　　　　　　　　—「쭈쭈바를 물고 가는 개」 부분

하지만 청소년을 진정으로 힘들게 하는 것은 어른과의 관계가 아닌지도 모른다. 때로는 또래 집단 사이에서 벌어지는 관계의 문제들이 그들을 더욱 혼란스럽게 한다. 이전까지 경험하지 못했던 이성 혹은 동성에 대한 성적 호기심은 아무에게도 말하지 못하고 결국 "나 홀로 탐구"(「팽창 이론」)하는 수밖에 없다. 그 과정에서 많은 실수가 벌어지는 것 또한 물론이다. 친구들 사이에서 벌어지는 왕따, 은따에서 기인한 소외감(「기린이었을까?」)은 청소년을 더 이상 달아날 수 없는 막다른 곳으로 몰아가기도 한다. 또한 직접적으로 가해지는 또래 집단의 폭력을 "개에게 물린" 것으로 치부하는 모습은 청소년들의 일상이 어른들이 보호하지 못하는 곳에서 약육강식의 상태에 놓여 있다는 점을 적나라하게 드러낸다.

4.

언제나 가장 중요한 것은 문제에 대한 해답이다. 그러나 우리를 고민하게 하는 것은 "세상에는 구하고 싶어도 구할 수 없는 게 많다"(「정답을 구하시오」)는 것이다. 지금까지 우리가 함께 읽은 청소년기의 문제 또한 안타깝게도 답을 구하기 어려운 문제들이다. 하지만 역설적으로 내가 시인을 신뢰하는 이유 또한 여기에 있다.

친구 앞에서 울어 버렸다.
노래방에서 반주만 틀어 놓고 울어 버렸다.

함께 울어 주는 친구가 있어 마음껏 울 수 있었다.
아무도 안 보는 노래방이 있어 마음껏 울 수 있었다.

울고 싶을 때 울 수 있어 좋았다.

―「울어 버렸다」 전문

시인은 청소년들이 겪는 문제 상황에 구구절절 정답을 제시하지 않는다. 그는 자신이 내놓는 해답이 청소년들에게 또 다른 속박으로 작용할 수 있다는 것을 알고 있다. 이전 세대의 어른들이 "하얀 쪽배를 타던 시절"(「삐딱선」) 따위는 오늘날의 청소년들에게 어떤 준칙도 되지 않는다. 그래서 이 시집에는 어른의 목소리가 들어 있지 않다. 그저 고통에 신음하는 청소년들의 소리가 담겨 있을 뿐이다. 그 이후 시인이 하는 행위는 아무 말도 하지 않고 그들을 "안아 주"(「안아 주고 싶다는 말」)거나 "함께 울어 주는 친구"가 되는 일이다. 그러니까 시인의 방식은 이렇다. 울고 있는 청소년을 대하는 가장 좋은 방식은 넘어진 청소년을 일으키는 것이 아니라 함께 주저앉아 울어 주는 것이라는 것. 그 옛날 나와 내 친구들에게 필요했던 것도 아마 우리와 함께 울어 주는 어른이 아니었을까.

덧붙이는 글

조금 전 나는 이 시집에 어른의 소리가 없다고 이야기했지만 사실 이 시집에는 (아마도) 딱 한 편 숨겨진 어른의 소리가 있다.

바람도 파도도 없는 바다 한가운데
서른 개의 섬이
나란히 줄 맞춰 고개 숙이고 있다.

—「시험 시간」 전문

시 안에 섬으로 구성된 서른 개의 고독이 있고 시 밖에 그를 바라보는 또 한 개의 고독이 있다. 그리고 이 시를 통해 나는 진정으로 박일환 시인이 시인이자 선생님임을 알 수 있었다. 선생님이 아니면 볼 수 없는 풍경이고, 시인이 아니면 표현할 수 없는 풍경이었기 때문이다.

시인의 말

　교사 생활을 제법 오래 했습니다. 그만큼 청소년들 곁에 있는 시간이 많았는데, 그렇다고 해서 청소년들의 세계를 충분히 이해했다고 말하기는 어렵습니다. 다만 남들보다는 조금 더 알고 있지 않았을까 하는 생각을 해 보기는 합니다. 지금은 학교를 떠나왔으니 점점 청소년들의 세계에서 멀어지고 있는 중이지요. 더 멀어지기 전에 청소년들 곁으로 한 발짝 발을 디밀어 보고 싶었습니다.

　첫 번째 청소년시집을 냈을 때, 어떤 청소년이 이런 시라면 나도 시를 좋아하고 직접 써 볼 수 있겠다고 했다는 말을 전해 들었습니다. 다행히 실패는 하지 않았구나 싶어 안도했던 기억이 나는군요. 두 번째 청소년시집을 묶으면서 조금 변화를 주고 싶었는데, 의도한 만큼 잘됐는지는 모르겠습니다. 욕심에 지나지 않을지라도 이 시집을 읽는 동안 공감하며 고개 끄덕여 줄 청소년 독자들이 많았으면 하는 바람을 가져 봅니다.

가끔 청소년들을 대상으로 시에 대해 이야기하러 갈 때가 있습니다. 하지만 시가 무엇인지 말로 설명하는 건 참 어려운 일입니다. 그냥 시를 보여 주고 같이 읽으며 이런 게 시라고 하는 게 가장 빠른 길이지요. 무엇이든 실물을 보아야 이해하기 쉬운 법이니까요. 물론 교과서에도 많은 시가 실려 있고, 그래서 청소년들이 이런 게 시라는 거구나 하는 걸 모르지는 않습니다. 하지만 교과서 안에 있는 시보다 교과서 밖에 있는 시가 훨씬 많고 다양합니다. 교과서 안에 있는 시만 접하다 보면 시에 대한 고정 관념에 빠지기 쉽지요. 그래서 저는 이런 것도 시가 되나, 시를 이렇게 써도 되나, 하는 생각들을 불러일으키고 싶었습니다. 시는 무엇보다 자유롭게 열린 공간을 좋아하거든요. 상상력을 좁은 울타리에 가둬 두면 얼마나 답답할까를 생각해 보세요. 그러므로 독자 여러분도 제 시를 자유롭게, 읽고 싶은 대로 읽어 주면 좋겠습니다. 재미없으면 건너뛰고 다른 시를 읽어도 되고요.

이제 이 시들은 제 것이 아니라 독자 여러분의 것이니 마음껏 갖고 놀며 즐기시기 바랍니다. 저는 다시 세상에 굴러다니는 시들을 주우러 가겠습니다. 그러다 문득 시를 찾아 나선 독자 여러분과 어깨나 머리를 부딪치면 "어이쿠, 반갑습니다!" 하고 인사 나눌 수 있기를 바랍니다.

2019년 3월
박일환

창비청소년시선 18

만렙을 찍을 때까지

초판 1쇄 발행 • 2019년 3월 20일
초판 4쇄 발행 • 2024년 2월 19일

지은이 • 박일환
펴낸이 • 김종곤
책임편집 • 서영희·정편집실
펴낸곳 • (주)창비교육
등록 • 2014년 6월 20일 제2014-000183호
주소 • 04004 서울특별시 마포구 월드컵로12길 7
전화 • 1833-7247
팩스 • 영업 070-4838-4938 / 편집 02-6949-0953
홈페이지 • www.changbiedu.com
전자우편 • contents@changbi.com

ⓒ 박일환 2019
ISBN 979-11-89228-37-8 44810